LA FERROTYPIE

ET LES

POSITIFS DIRECTS A LA CHAMBRE NOIRE

F. DROUIN

LA FERROTYPIE

ET LES POSITIFS DIRECTS
A LA CHAMBRE NOIRE

NOUVELLE ÉDITION MISE AU COURANT
DES DERNIÈRES DÉCOUVERTES ET COMPLÈTEMENT REFONDUE

Par

L. TRANCHANT

PARIS

CHARLES-MENDEL, Éditeur

118, RUE D'ASSAS, 118

PRÉAMBULE

Quel est le photographe qui, en examinant un cliché au collodion humide manquant de pose, ou même un bon cliché développé à l'hydroquinone ou surtout une positive développée en tons chauds, n'a remarqué que l'image s'y voit en positive quand le cliché est posé sur un fond noir.

Fig. 1.

Fig. 2.

Fig. 3.

La raison en est simple : supposons que nous ayons photographié une lettre noire sur fond blanc (fig. 1), notre cliché (fig. 2) sera formé d'argent réduit opaque, et par conséquent, noir par transparence, blanc grisâtre par réflexion. Plaçons ce cliché sur un fond noir (fig. 3) et regardons-le à la façon d'une épreuve ordinaire, c'est-à-dire par réflexion. La partie transparente nous laisse voir le fond et apparaît en noir, la partie opaque a la couleur blanche de l'argent réduit. Nous avons donc une épreuve positive obtenue directement et sans avoir besoin de tirer un négatif.

Telle est l'observation qui a servi de base au procédé imaginé en 1852 par Adolphe Martin et qui consistait à enduire de vernis noir une épreuve sur verre au collodion humide.

Ce procédé a été exploité en Amérique où il a été en grande faveur, peu de temps après la daguerrotypie. Les épreuves désignées sous le nom d'*Ambrotypes* étaient quelquefois obtenues directement sur glace noire ou rouge foncé, ce qui dispensait de vernir.

En 1853, Ad. Martin proposait ce procédé pour obtenir *directement* à la chambre noire sur bois ou sur métal noirci, des épreuves positives destinées à la gravure. Il enduisait une planche de métal, sur ses deux faces, avec du vernis à graver et la traitait comme les glaces dont il a été question plus haut. Il ajoutait :

« En enduisant de vernis, des feuilles métalliques de nature quelconque, ou même des feuilles de carton, et opérant par la même méthode, on obtient des épreuves qui joignent aux qualités des épreuves positives sur glace une solidité et une facilité de transport qui manquent à ces dernières. »

Ces divers procédés ont tous reçu des applications. En particulier, le procédé primitif sur glace et la photographie sur tôle vernie ou ferrotypie, sont restés en pratique après la découverte du gélatino-bromure. Ils servent constamment à obtenir en un temps très court — moins d'un quart d'heure — des positives directes que le client emporte séance tenante.

Le procédé sur carton noir a été lui-même pratiqué et peut servir à obtenir avec la même rapidité des ferrotypies. Le gélatino-bromure s'est également substitué au collodion et, grâce à l'emploi du formol, la rapidité de livraison est aussi grande qu'avec le collodion humide, avec une plus grande facilité de conservation des plaques et sans l'ennui de la préparation de celles-ci.

PREMIÈRE PARTIE

CHAPITRE PREMIER

LA TOLE SUPPORT

Le procédé au collodion humide étant actuellement un point historique, très peu de ferrotypeurs utilisant cette méthode et tous préférant les plaques toute prêtes à l'emploi, nous n'étudierons le procédé au collodion humide que pour permettre au lecteur en cas de nécessité de s'en servir. Mais le support tôle servant à tous les autres procédés nous ferons précéder l'étude du collodion humide des modes de préparation de la tôle noire.

Parmi les divers supports qui ont été proposés pour le positif direct celui qui a prévalu dans la pratique c'est la tôle mince de fer. La raison en est simple : le fer est d'un prix minime, il peut être laminé à l'épaisseur du papier fort tout en étant d'une *rigidité* supérieure à tout ; il n'est pas fragile ; il supporte sans se déformer l'émulsionnage du gélatino-bromure, comme du collodion ou de l'albumine et toutes les opérations de développement, fixage, lavage et séchage à la lampe à alcool. L'oxydation qui seule pourrait lui être préjudiciable est évitée par le vernis noir dont on le recouvre.

Aussi le fer est-il devenu le roi du procédé de reproduction directe à la chambre noire au point que c'est lui qui sert de parrain au procédé *Ferrotypie*.

Nous verrons dans une autre partie que le carton mince a cherché à le supplanter sans trop de succès d'ailleurs.

Les premières plaques employées (H.-L. Smith et W.-M. Griswold en 1854) étaient recouvertes au pinceau, d'une solution cuite de noir de fumée et d'asphalte dans l'huile de lin. On les portait ensuite au four, puis on donnait une seconde couche de la même façon, on la cuisait également et on terminait par un polissage.

En 1870, Hedden fit breveter une nouvelle plaque dans la préparation de laquelle entrait une certaine quantité de couleur rouge. Il obtenait ainsi une teinte chocolat, donnant des tons plus chauds que le noir pur. Néanmoins le noir pur est la teinte généralement utilisée.

Beaucoup de ces plaques sont de fabrication américaine. Quelle que soit leur origine elles sont toutes identiques : elles sont vernies des deux côtés et l'un des côtés est plus brillant que l'autre et est choisi pour recevoir l'image.

L'épaisseur de ces plaques est de $2/10^e$ de millimètre. Elles se vendent par caisses de cent ou de mille de dimensions diverses ; la plus courante est de 35 cm. 6 $\times$ 25 cm. 4.

On recommande avant emploi de les laver à l'alcool additionné de quelques paillettes d'iode. On peut se contenter de les frotter sous l'eau avec un tampon d'ouate ; mais ces nettoyages ne sont nécessaires que si la plaque n'est pas parfaitement nette. Dans le cas où la surface est un peu mate, on peut lui rendre son brillant en chauffant légèrement.

La feuille de fer se coupe facilement avec des ciseaux. On trace pour cela sur l'envers du côté à sensibiliser les divisions de la tôle et on coupe en tenant la tôle par les bords. On rabat sur un carton lisse au moyen d'un morceau de bois poli, les bords s'ils se redressent.

Pour éviter que la tôle ne soit attaquée par les bains on vernit les bords mis à nu par cette opération de découpage. Pour cela on empile 25 ou 50 plaques de même dimension sur une boîte cylindrique et on charge d'un poids. Entre chaque tôle on met un petit carré de papier plus petit que la tôle et sur la pile on pose un poids. Avec un pinceau on passe une couche de vernis (fig. 4) sur chaque

Fig. 4.

face latérale du cube ainsi formé. La couche doit être légère pour éviter de coller toutes les tôles en un seul bloc.

Ces plaques peuvent être préparées très facilement par l'amateur qui ne veut faire que quelques ferrotypies. Pour cela on découpe de la tôle mince ou du fer blanc : on en trouve à bon compte la matière dans les boîtes à conserves en fer blanc qui sont généralement jetées aux ordures ou encore dans les boîtes à poudre de chasse. Ces boîtes sont exposées au feu pour les dessouder et frottées avec un tampon assez gros de chiffon pour en détacher l'étain et les peintures qui les recouvrent. Aussitôt qu'elles sont froides les parties plates sont découpées avec des ciseaux à la dimension voulue : le format courant est $36^m \times 42^m$. Mais on peut faire le 6 1/2$\times$9, le 4 1/2$\times$6 ou tout autre format désiré : Dès que les plaques de tôle sont coupées on en pose une sur une planchette bien unie et l'on procède avec un peu de sable fin (sable d'Etampes ou sablon) au décapage des surfaces. On met quelques gouttes d'eau sur la plaquette de fer, on ajoute sable ou émeri et avec un chiffon mouillé on frotte dans le sens de la longueur, puis dans le sens de la largeur. On fait de même pour l'autre face de la tôle. Quand les deux côtés sont bien décapés et rincés on procède à leur vernissage. Tout vernis noir n'ayant pas d'action sur les préparations sensibles et qui n'est pas attaqué par les acides ou les alcalins convient.

Celui que je préfère parce qu'il sèche très vite et que la plaque peut être utilisée dès le lendemain est le suivant :

Vernis I

Encre d'imprimerie en pâte (noir).....	5 parties
Noir de bougie........................	2 —
Solution de bitume dans la benzine (à saturation)............................	10 —

Le tout mis dans un flacon bien bouché est agité avec une baguette de verre pour dissoudre l'encre et obtenir une sorte de sirop très homogène. On ajoute quand le mélange est parfait un peu de solution de bitume pour ramener à la même quantité que celle primitive et remplacer la benzine évaporée. Avec une petite baguette de bois et un petit tampon de ouate on fait un pinceau (fig. 5) qui trempé dans ce vernis permettra de recouvrir la surface des tôles. On vernira ainsi toutes les tôles sur un côté. Au bout de quelques minutes on les prendra par les bords pour vernir l'envers et on les mettra debout le long d'un flacon pour qu'elles sèchent. Quelques heures après on vernira les tranches comme la figure 4 l'a montré.

Fig. 5. — Pinceau de ouate.

Vernis II

Vernis celluloïd noir.

On le trouve tout préparé dans le commerce et on peut le préparer soi-même avec :

Celluloïd transparent	10 gr.
Noir d'imprimerie en pâte	7 gr.
Ou noir de bougie	5 gr.
Acétone	35 cm³
Acétate d'amyle	15 cm³

Le couchage des émulsions sur ce noir ne se fait bien que lorsque le vernis est très sec et cela demande près de 8 jours. Il protège très bien (mieux que le n° 1 peut-être) la tôle ; mais il exerce à la longue une action fâcheuse sur la surface sensible non impressionnée et développée.

Vernis III

Vernis celluloïd transparent :

Celluloïd transparent.................... 5 gr.
Acétone,............................ 25 à 30 gr.

sert à vernir les épreuves terminées et sèche en quelques instants.

CHAPITRE II

LE PROCÉDÉ AU COLLODION HUMIDE

La tôle noire, qu'elle soit achetée toute prête ou faite par le ferrotypeur, est sensibilisée dans le cabinet noir éclairé à la lumière jaune orangé, ou verte, ou rouge. Le collo_ dionnage est une opération très facile et qu'il suffit d'avoir vu faire une fois. Après un ou deux essais, en

Fig 6.

exécutant les indications suivantes, on arrive à un bon résultat sans difficulté.

Prendre par l'angle inférieur gauche la plaque à collodionner (soit avec deux doigts, soit avec une petite pince à mâchoires plates en argent). La tenir horizontalement, pour commencer, verser le collodion au milieu ou vers l'angle supérieur droit, et incliner la plaque en tous sens par un mouvement de rotation lent et continu, en la relevant progressivement, de façon à faire écouler l'excès par l'angle inférieur droit, qu'on place sur le goulot de la carafe à collodion. Faire osciller comme l'indique le pointillé de la figure 6 et ramener horizontalement ce qui permet à la couche d'être égale sur toute la plaque. Cette opération peut se diviser en trois temps : le moment où l'on verse et où l'on couvre la plaque par oscillation dure de 10 à 20 secondes, celui où l'on écoule l'excédent de collodion dure de 5 à 10 secondes, et celui où on laisse la couche de collodion faire prise demande 10 à 15 secondes (en hiver ce temps peut être doublé).

En passant nous dirons que les vapeurs d'éther étant très inflammables même à distance il sera bon de mettre la bougie qui servira à l'éclairage au moins à 50 cm. au-dessus de la table du laboratoire et qu'il vaudra mieux utiliser la lumière électrique pour l'éclairage.

Comme il est difficile actuellement de trouver des collodions sensibles tout préparés, l'amateur qui voudra faire de la ferrotypie au collodion humide sera obligé de préparer son mélange sensible : Voici deux formules :

Formule Drouin

Éther	60 cm³
Alcool	40 cm³
Fulmi-coton	1 gr.
Iodure d'ammonium	1 gr.
Iodure de cadmium	0 gr. 25
Bromure de cadmium	0 gr. 05

Formule Montalté

Collodion vieux. . . . . 100 cm³
Fulmi-coton . . . . 1 gr.
Ether. . . . . 60 cm³
Alcool. . . . . 60 —
Bromure de cadmium. . . . . 1 gr.

Conserver de 8 à 15 jours avant de se servir de ces mélanges.

Fig. 7

Revenons au moment où notre plaque collodionnée a fait prise. Dès que le mélange est « figé » on plonge la plaque dans le bain d'argent.

A filtrer avant chaque usage..
- Eau distillée . . . . 100 cm³
- Azotate d'argent. . . . . 6 gr.
- Acide azotique. . . . . 1 à 2 gouttes
- Bromure de sodium. 0 gr. 02 à 0 gr. 04

en ayant soin de soulever la cuvette et de placer la plaque

dans la position indiquée par la figure 7. On abaisse ensuite la plaque et la cuvette, de façon à recouvrir sans temps d'arrêt, la surface collodionnée. Les cuvettes à recouvrement sont faites spécialement pour cette opération.

La durée d'immersion est de 5 minutes pendant lesquelles on a soin d'agiter deux ou trois fois. L'acide azotique ajouté au bain permet d'obtenir des clichés contrastés, le bain neutre donnant des clichés gris et voilés.

POSE ET DÉVELOPPEMENT

La plaque sortie du bain, doit être égouttée en la tenant

Fig. 8.

dans la position verticale au-dessus de la cuvette (fig. 8). On la place ensuite dans le châssis.

Les châssis employés sont les mêmes que pour le collodion (Voir ci-dessous). On place derrière la plaque sensible une glace ordinaire ou un carton pour égaliser la pression. Les châssis qui servent pour les procédés secs (collodion, plaques commerciales ou bromure) ne conviennent pas et l'usage des plaques humides les détériorerait rapidement. Accidentellement on

Châssis négatif.

pourrait les utiliser en les garnissant de buvard épais. Mais je ne garantis pas l'état du châssis après cette expérience. En utilisant des plaques d'un format inférieur (4,5×6 sur 6 1/2×9 par exemple) et en les montant sur un carton buvard au moyen de 4 petits crochets on ne risquerait que peu de chose.

La durée de pose pour un portrait peut être de 10 secondes en plein soleil d'été et en plein air avec un objectif diaphragmé à f/10.

Comme la plaque ne reste humide que peu de temps (30 minutes) il faut l'utiliser aussi rapidement que possible, tenir jusque-là le châssis à plat et ne l'incliner que pour le mettre dans l'appareil. Aussitôt la pose faite emporter le châssis dans la position qu'il avait dans l'appareil et procéder aussitôt au développement au moyen du bain suivant :

Eau.............................	100 cm³
Alcool..........................	5 cm³
Acide acétique.................	5 —

Acide sulfurique...................... 5 gouttes
Sulfate de fer........................ 5 gr.

On peut développer dans la cuvette ou verser le bain sur la plaque avec un verre (fig. 9). Mais il faut que la plaque soit couverte instantanément, l'image apparaissant aussitôt. On versera le révélateur ainsi que le montre l'image 9 sur l'angle supérieur et on arrêtera son action

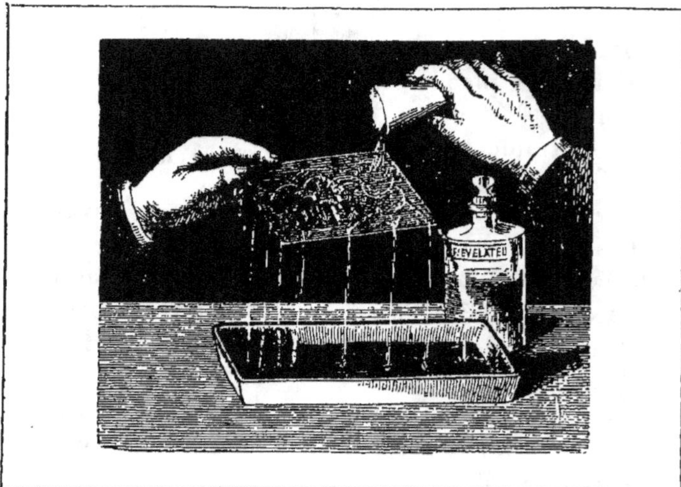

Fig 9.

par un rinçage rapide quand elle semblera griser, le fixage l'éclaircissant toujours un peu.

Le révélateur reste bon assez longtemps.

Après le rinçage qui suit le développement on fixe au bain suivant :

Eau......................... 100 cm³
Hyposulfite................... 10 gr.

pendant cinq minutes et on lave ensuite à l'eau douce

changée 8 à 10 fois en cinq ou dix minutes. Il suffit alors d'égoutter le ferrotype, de le mettre sécher (on peut même activer le séchage en passant la plaque au-dessus d'une lampe à alcool pendant quelques secondes) pour avoir l'épreuve terminée, qu'il suffira de vernir et de monter au moyen d'un petit cadre ou dans une carte postale.

Quand une plaque a été manquée, on pourra la débarrasser du collodion qui la recouvre en la plongeant dans l'eau et frottant la couche de collodion avec le doigt.

Quand on a laissé sécher la plaque ratée il faut la couvrir de vieux collodion ou de quelques gouttes du mélange d'éther et d'alcool pour ramollir la couche avant de la gratter avec le doigt dans l'eau.

CHAPITRE III

LE COLLODION SEC ET L'ALBUMINE

Le procédé au collodion humide présente tant de désagréments à cause de la nécessité d'utiliser la plaque aussitôt sa préparation, qu'on lui a préféré longtemps le collodion sec qui utilise les plaques soit immédiatement, soit quelques jours ou quelques semaines après leur préparation. La sensibilité de l'émulsion est plus faible et la pose doit être double de celle du collodion humide et par conséquent 20 fois celle du gélatino-bromure ordinaire rapide.

Voici le mode de préparation de ce collodion :

Pyroxyle à haute température ou fulmicoton fait à 70 ou 80° C....................	2 gr.
Alcool....................................	70 cm³
Ether éthylique...........................	80 cm³
Iodure d'ammonium	1 gr.
Bromure de cadmium.....................	1 —
Solution alcoolique saturée de tannin......	15 cm³

Ce mélange est coulé comme nous l'avons indiqué pour le procédé au collodion humide et est sensibilisé de même dans le bain d'argent. La plaque est ensuite rincée dans un bain contenant :

Eau....................................	100 cm³
Alcool.................................	5 cm³
Tannin.................................	5 gr.

Bien égouttée et mise à sécher dans la plus complète obscurité, conservée à l'abri de la chaleur, elle est bonne pendant plusieurs mois. Le développement est plus long que pour le collodion humide mais un révélateur plus actif est avantageux. Le révélateur à l'oxalate ferreux bien connu de nos lecteurs permet de faire des poses courtes. Le révélateur à l'acide gallique est moins actif mais donne dans les noirs un dépôt plus blanc par réflexion. Il conviendrait donc bien pour la ferrotypie s'il ne développait pas avec une lenteur désespérante.

Eau	100 cm³
Acide gallique	5 gr.
Acide acétique	2 gouttes
Azotate d'argent	0 gr.25

L'épreuve obtenue est fixée dans un bain à 12 0/0 d'hyposulfite.

Nous pourrions ajouter à ce chapitre le procédé à l'albumine qui n'a jamais obtenu de succès à cause de la lenteur de la surface sensible qui exige une pose égale à dix fois celle du collodion sec, c'est à dire 200 fois la pose du gélatino-bromure rapide (et non extra-rapide !)

CHAPITRE IV

LE PROCÉDÉ AU GÉLATINO-BROMURE

La ferrotypie avec les procédés anciens que nous venons de décrire exige des poses très longues, des plaques qu'il faut préparer soi-même au moment de l'emploi. Aussi des inventeurs ont cherché à appliquer les progrès de la photographie à cette branche foraine de notre art : Ils ont fabriqué d'abord des plaques au collodion sec presque aussi rapides que le collodion humide, d'un emploi commode, se développant rapidement et d'une conservation très longue.

Ces plaques n'avaient pourtant aucune rapidité quand on voulait les comparer avec le gélatino-bromure. Aussi fit-on de la ferrotypie au gélatino-bromure. Mais les premières plaques ainsi faites ne fournissaient que des traces d'image blanche sur la tôle noire. Aussi utilisait-on un mode opératoire long et fournissant des résultats assez fugitifs.

La ferrotypie au gélatino-bromure se traitait comme un cliché ordinaire :

On développait après une pose courte, à l'oxalate ferreux ; après fixage et lavage, on plongeait la plaque dans le bain suivant :

Eau............................. 100 cm³
Bichlorure de mercure.............. 2 gr.
Bromure de potassium.............. 2 gr.

comme si l'on voulait renforcer énergiquement. Quand la plaque était devenue toute blanche par suite de la transformation de l'argent métallique en bromure double d'argent et de mercure, on lavait à fond et on faisait sécher. Le fond ferrotype noir forme les noirs de l'image tandis que l'image se détache en blanc aux endroits où il y a de grandes lumières et en gris plus ou moins blancs suivant l'intensité de la lumière, le noir du fond teintant les blancs d'autant plus qu'ils sont moins riches en argent et plus transparents.

On reprochait au début à ce procédé d'être plus long que la ferrotypie au collodion. Mais ce reproche n'a plus de raison d'être, le séchage après formolage permettant de livrer une ferrotypie ainsi obtenue aussi rapidement que celle au collodion. Ce qui était plus sérieux c'est le noircissement des blancs qui se produit lentement à l'air et à la lumière.

Depuis ce temps de nombreuses recherches ont été faites et actuellement le commerce livre des plaques ferrotypiques au gélatino-bromure qui donnent avec plus de rapidité que par le collodion des images remarquables. Ces plaques qui se conservent indéfiniment, pourrait-on dire, sont constituées par la tôle noire décrite plus haut, recouverte d'une couche mince d'une émulsion au gélatinochloro-bromure d'argent.

Le principal pour que la plaque soit bonne c'est que l'émulsion coulée sur verre donne une image à blancs très purs et à noirs très opaques et dont la réduction soit telle que l'argent soit réduit à l'état gris-blanc. Ce résultat est obtenu par la préparation spéciale de la couche sensible qui donnera dur.

Donner des formules d'émulsions qu'aucun amateur ne voudra s'astreindre à essayer est, ce me semble, peu utile. Le commerce vend à très bon compte ces plaques toutes prêtes.

Ces plaques au gélatino-bromure peuvent se développer soit à l'oxalate ferreux, soit à l'hydroquinone et se fixer comme toutes les préparations au gélatino-bromure.

Mais la couche d'émulsion étant très mince une solution d'hyposulfite à 10 ou 15 0/0 suffit pour le fixage.

On peut aussi les développer et les fixer en une seule opération, le révélateur à l'hydroquinone étant additionné d'hyposulfite.

Voici une formule qui donnerait de bons résultats :

Eau..	100 cm³
Carbonate de soude.....................	15 gr.
Sulfite de soude......	7 — 5
Hydroquinone	1 —
Bromure de potassium.................	0 — 4
Hyposulfite de soude.................	5 —

L'hyposulfite n'est ajouté au révélateur que lorsque celui-ci est fait et tous les composants dissous dans l'eau.

D'après certains ferrotypeurs cette formule donnerait une opacité des blancs et une limpidité des noirs qu'aucune autre ne peut fournir.

N'ayant pas essayé ce procédé, je me contente de le signaler, sans le désapprouver, car j'ai remarqué que la présence d'hyposulfite dans le révélateur donne toujours des noirs paraissant blancs par réflexion quand on applique la gélatine du cliché sur verre, sur une surface noire. Le développement-fixage dans ce révélateur est assez rapide : de 20 secondes à 1 minute et demie.

Ce développement est quelquefois trop rapide et le fixage n'est pas suffisant si la plaque est retirée du bain alors que l'image paraît bien venue : il est bon, dans ce cas, ou de laisser la plaque dans le bain un peu plus longtemps (le temps normal étant de 1 ou 2 minutes) ou de passer dans un 2ᵉ bain à 10 0/0 d'hyposulfite qui achèvera le fixage et rendra l'image plus brillante. Un lavage à six ou huit eaux qui durera trois minutes éliminera l'hyposulfite et le révélateur qui pourraient rester dans la gélatine.

Une opération supplémentaire assurera un séchage plus rapide et permettra d'obtenir avec le gélatino-bromure la même rapidité de dessiccation qu'avec le collodion : l'épreuve sera plongée pendant une bonne minute dans le bain :

Eau............................	100 cm³
Formol du commerce...........	5 cm³

rincée vivement, égouttée et séchée au-dessus de la lampe si l'on est très pressé.

L'opération est très rapide et deux ferrotypeurs associés peuvent tirer et livrer une centaine d'épreuves à l'heure, l'un prenant les clichés et l'autre développant et fixant les images par série de 10 ou 20 à la fois.

Je ne veux pas terminer ce chapitre sans donner des renseignements théoriques tirés de nombreuses expériences qui ont abouti à obtenir avec le gélatino-bromure d'aussi bonne ferrotypie qu'avec le collodion.

On peut dire que tout mélange contenant du bromure, de l'iodure ou du chlorure d'argent, impressionné par la lumière peut se réduire par des révélateurs nombreux en donnant un argent réduit de nuances très variées : noir, noir-brun, noir-vert, noir-gris ou blanc.

La composition du révélateur et la composition de l'émulsion influent tous deux sur cette couleur.

Des recherches faites par Duchochois, Liesegang, Lüppo Kramer et beaucoup d'autres et de nos recherches personnelles il résulte que tout révélateur contenant un dissolvant de l'argent donnera un dépôt d'argent à reflet blanc, quelle que soit la composition de l'émulsion, gélatino ou collodion.

Liesegang indique comme le révélateur donnant le reflet le plus blanc l'amidol et acétate de soude.

Duchochois préfère le pyrogallol à l'ammoniaque et au bromure de potassium.

Lüppo-Kramer a observé que les révélateurs très sulfités donnaient un dépôt blanc.

On obtient à coup sûr le même dépôt par l'emploi du révélateur à l'ammoniaque, au bisulfite d'ammoniaque, au carbonate d'ammoniaque, au chlorure d'ammoniaque (sel ammoniac) ou au chlorure de magnésium.

La présence de chlorure d'argent dans l'émulsion donne un argent réduit à reflet plus blanc.

On utilise comme fixage-révélateur, sans avoir besoin de fixer ensuite l'un des révélateurs suivants :

Eau de pluie ou distillée........	1	litre
Carbonate de soude crist........	100	gr.
Sulfite de soude — :........	75	—
Potasse caustique	5	—
Bromure de potassium ou mieux d'ammonium	5	—
Carbonate d'ammoniaque........	1	—
Métol......................	3	—
Hydroquinone................	7	—
Hyposulfite de soude............	60	—

I. — Préparer à froid

II. Solution à 30 0/0 d'oxalate de potasse.   100 cm³
Solution à 10 0/0 de sulfate de fer....   100 —
Bromure de potassium...............   3 gr.
Hyposulfite de soude...............   15 —

Il est nécessaire de passer les ferrotypes sous le robinet en passant doucement un tampon de ouate humide pour enlever le dépôt blanc qui recouvre l'image très fréquemment.

CHAPITRE V

FERROTYPIE SUR CARTON NOIR

Ferrotypie voulant dire photographie sur *fer*, le terme ne semble pas s'appliquer aux positives directes faites sur autre chose que sur de la tôle de fer et pourtant depuis longtemps le mot ferrotypie s'est détourné de son sens primitif et s'applique à tout ce qui est obtention directe à la chambre noire, d'une image positive qu'il suffit de développer, de fixer et de laver pour avoir cette image unique.

On fait de la ferrotypie sur fer.

On en fait sur verre.

On peut en faire sur carton noir.

Il y a longtemps, très longtemps que pour la première fois je me suis mis à cette œuvre et que j'y obtins des résultats sensiblement égaux à ceux donnés par la véritable ferrotypie. Puis je laissai cela de côté, faisant alors d'autres recherches. Il y a quelques mois, je refis quelques positives sur carton noir. Or je viens d'apprendre que le procédé était devenu industriel et que beauconp de personnes s'intéressaient à cette sorte de ferrotypie. Il y a donc intérêt à donner le mode d'utilisation de ce procédé, la préparation des plaques et les tours de mains permettant d'obtenir de bons résultats.

J'insiste sur ce point que j'ai déjà présenté dès 1892 : la ferrotypie peut être pratiquée par tout amateur photographe : il n'est pas nécessaire d'avoir un appareil spécial pour cela. Votre chambre noire vous permet-elle de faire des portraits, vous pourrez l'utiliser à en obtenir en ferrotypie, sur carton noir. C'est un plaisir et une récréation que de portraicturer ainsi ses amis et connaissances.

§1. *Préparation et choix du carton.* — Le support de cette ferrotypie n'est ni rare, ni coûteux, ni difficile à découper et à traiter :

Du bristol ou du vélin à carte de visite très lisse suffit. Je me contente de cartes de visite reçues depuis longtemps, en n'utilisant d'ailleurs que celles suffisamment lisses et sur lesquelles l'impression n'a pas traversé en faisant un relief ; les cartes en gravure demandent un grattage du nom qui y figure en relief. Quand le morceau de bristol ou de vélin a été ainsi choisi, qu'il a été coupé à la dimension voulue, il faut le traiter pour en faire une plaque d'un noir d'ébène impénétrable aux divers bains et ce, afin d'éviter les longs lavages d'élimination d'hyposulfite et de rendre la dessiccation aussi prompte que possible : le ferrotype, ne l'oublions pas, doit être fait et livré en moins d'un quart d'heure !

On prépare le bain suivant, qu'on conservera dans un endroit obscur et qui doit être agité fréquemment pendant les huit premiers jours de la préparation :

Bitume de Judée ou asphalte en poudre....	10 gr.
Benzine..............................	50 —

Le flacon qui contient ce mélange sera bouché aussi hermétiquement que possible.

Quand la solution sera suffisamment dense on pourra procéder au bitumage du carton.

Pour cela dans un godet on mettra du noir de fumée, gros comme une noisette et on versera dessus de la solution de bitume qu'on pétrira avec le noir au moyen d'un pinceau de ouate obtenu en entourant l'extrémité d'un morceau de bois avec un tampon de ouate. On recouvrira avec ce pinceau les deux côtés du vélin de noir mélangé de solution de bitume, de façon à obtenir une surface d'un noir intense uniforme. On recouvrira alors de solution de bitume moins épaisse obtenue en mettant dans le godet partie égale d'essence ou de benzine et de solution de bitume. On fait sécher. Puis on frotte avec un tampon de coton pour lisser la surface. Les cartons ainsi préparés peuvent se conserver indéfiniment avant d'être sensibilisés. Il est bon de les tenir à l'obscurité quelques jours avant leur utilisation, car le bitume exposé à la lumière absorbe de la puissance chimique solaire et la restitue ensuite en impressionnant les substances sensibles qui lui sont juxtaposées.

§ 2. *Sensibilisation.* — Le carton mince ainsi « minéralisé » se sensibilise avec presque autant de facilité qu'une plaque métallique. Néanmoins il se gondole sous l'action des liquides chauds (solution de gélatino-bromure) ou très froid (collodion), le côté sensibilisé prenant la forme convexe, de sorte que le liquide sensibilisateur est en masse épaisse sur les bords et trop mince au milieu. Heureusement, il y a un moyen de remédier à cet accident : pour cela il suffit de piquer le carton sur une planchette épaisse avec des punaises, tendant le vélin aussi parfaitement que possible. Il n'est pas difficile alors de procéder à la sensibilisation. Le carton ferrotypique est alors traité exactement comme la tôle noire pour le séchage et il se conservera comme celle-ci et donnera exactement les mêmes résultats.

J'ai préparé par cette méthode des cartons noirs au gélatino-bromure qui pouvaient se conserver sans altération pendant plusieurs années.

§ 3. *Utilisation*. — On se sert du carton noir comme on emploie les tôles noires ; mais dans les appareils automatiques qui seront décrits dans le dernier chapitre de ce travail le fonctionnement du carton qui n'est pas assez minéralisé — ce qui arrive souvent malgré tous les soins apportés à sa fabrication — est imparfait et des engorgements peuvent se produire à cause du gondolement du carton lorsque les liquides le pénètrent particiellement. Car quand les liquides le pénètrent partout il n'y a pas de défaut, pas d'à-coups dans la marche de l'appareil, mais le séchage de l'image au lieu d'être très rapide est beaucoup plus long qu'il ne faudrait et même moins rapide qu'avec un carton ordinaire. La minéralisation du papier-bristol ou du carton doit être aussi complète que possible pour être une ferrotypie.

On a proposé un autre moyen de noircir le carton et d'en faire un support quasi-métallique : le carton est plombaginé au moyen d'un tampon de ouate et recouvert électrolytiquement de métal (cuivre ou argent par exemple) sur ses deux faces : la couche infiniment mince protège le carton de toute pénétration liquide ; on oxyde le métal en noir mat insoluble et l'on protège les tranches par un coup de vernis au bitume. Il est même excellent de garnir les deux faces de ce vernis noir protecteur si l'on veut éviter des taches pendant le développement. Il est certain que la métallisation donne plus de rigidité au carton, mais il lui donne un prix de revient plus élevé que le fer noirci. Aussi le carton noir n'a-t-il pu supplanter le support de tôle.

CHAPITRE VI

LA FERROTYPIE SUR FOND BLANC

A côté du procédé ferrotypique sur fond noir si commun qu'il se pratique sur toutes les foires et dans toutes les assemblées publiques et populaires, existent d'autres procédés moins connus et moins pratiqués à tous les coins de rue que la ferrotypie sur fond noir.

Mais le photographe qui voudra s'adonner à l'utilisation des méthodes qui vont suivre obtiendra à coup sûr et avec une rapidité à peu près équivalente des images bien plus brillantes et bien plus artistiques.

Ces procédés étant moins courants, exigeant plus d'expérience et de pratique n'ont pas eu auprès des forains qui firent de la ferrotypie le succès de celle-ci. Mais si l'on mettait deux opérateurs côte à côte vendant au même prix leurs chefs-d'œuvre, le ferrotypeur sur fond blanc obtiendrait la majorité, une majorité considérable dans ce plébiscite artistique, et son concurrent noir serait rapidement obligé de plier bagage et d'emporter son appareil et tout son matériel loin de son adversaire blanc.

Ces méthodes sont toutes basées sur les procédés d'inversion appelée *Méthode de contretypes* dont les premiers essais sont dûs au capitaine Biny. MM. Balagny, Rossignol et beaucoup d'autres ont amélioré la méthode Biny, l'ont mise au point de perfection qui permet d'obtenir les photographies en couleurs par réseaux trichromes (autochromes, dioptichromes, etc.), les contretypes pour la photogravure et les procédés qui vont faire l'objet des chapitres VI et suivants.

I. PRÉPARATION DE LA TOLE BLANCHE. — On peut obtenir de délicieuses ferrotypies en utilisant la plaque de tôle mince, mais au lieu de mettre comme fond une couche de vernis noir, on vernit la tôle en blanc mat ou brillant; on recouvre d'émulsion au gélatino-bromure. Après exposition très rapide et développement ordinaire, on rince, on inverse, on redéveloppe, on fixe et enfin lavage rapide, formolage, rinçage à l'eau et séchage à la lampe à alcool : voici obtenue une épreuve aussi brillante que sur papier. Le mode opératoire que je viens de résumer demande une plus longue exposition pour éviter tout déboire et je ne veux pas y exposer le lecteur. Certes l'achèvement de l'épreuve est de quelques minutes plus long que par les méthodes ferrotypiques ordinaires, mais les résultats sont tellement supérieurs que personne, je pense, n'hésitera à utiliser la méthode sur fond blanc.

II. PRÉPARATION DE LA TOLE LAQUÉE BLANCHE. — La tôle qui sert dans le cas présent est la même que celle utilisée en ferrotypie courante, elle est prise brute et non noircie. Je me sers avec succès de morceaux de boîtes à conserve nettoyés au feu, décapés grosso modo avec du papier de verre fin ou de la toile d'émeri la plus fine. Après rinçage et essuyage, les fragments en sont coupés à la dimension voulue et badigeonnés d'une couche du vernis suivant appliqué du côté à émulsionner seulement.

On se procure du vernis au celluloïd blanc opaque ou

on le prépare en prenant des morceaux de vieux cols ou manchettes en celluloïd blanc dont on détache la toile. Ces pellicules blanches serviront de base à notre vernis.

Comme par déchirement d'un vieux col on peut retirer une grande quantité de celluloïd blanc opaque je n'indique pas comme préférable, l'emploi d'un mélange de celluloïd transparent dans lequel on ajouterait du blanc de baryte ou de zinc en poudre impalpable et qu'on émulsionnerait, pour ainsi dire, dans un mélange de trois parties d'acétone pour une d'acétate d'amyle. Car ce dernier vernis serait moins homogène que celui fait avec les déchets de celluloïd de nulle valeur.

Pour préparer ce vernis on verse de l'acétone et de l'acétate d'amyle sur le celluloïd dans les proportions suivantes :

Celluloïd blanc de lingerie...............	10 gr.
Celluloïd transparent....................	5 —
Acétone..............................	30 cm³
Acétate d'amyle.......................	10 —

Quand le mélange est bien dissous, ce qui demande quelques heures, on l'agite vivement et l'on a ainsi une sorte de peinture dans le genre du ripolin mais séchant beaucoup plus vite. Si la pâte semble trop épaisse on ajoute un peu d'acétone. Mais pour obtenir une couche suffisamment opaque pour masquer le fond du métal, il faut que la peinture soit assez épaisse et toute addition à la formule ci-dessus est inutile.

On verse une forte goutte de ce vernis au milieu de la plaque de fer à laquer et avec une fine aiguille à tricoter en fer, on étale cette goutte qui doit recouvrir la tôle d'une couche blanche uniforme. On fait alors sécher à plat pendant quelques heures et la couche étant sèche d'un côté on fait la même opération sur l'autre face de la tôle. Après quelques heures de séchage la plaque pourrait servir, mais la pâte de celluloïd blanc n'est réellement privée d'acétate d'amyle et d'acétone qu'après plusieurs jours et pendant les quelques jours qui suivent la préparation on s'expose à avoir des images voilées ou des moutonnements de l'émulsion. C'est pourquoi je conseille de conserver les plaques laquées pour qu'elles achèvent de sécher, pendant au moins une semaine dans l'obscurité.

III. Sensibilisation. — On pourrait à la rigueur sensibiliser au collodion, mais ce procédé antique est très inférieur à celui au gélatino-bromure d'argent pour toutes sortes de raisons : rapidité d'impression, durée de conservation, facilité de traitement. La fabrication de l'émulsion est seule plus longue et plus laborieuse. Mais en opérant sur de petites quantités et par la méthode que nous allons décrire, on obtient sans trop de peine de très bons résultats avec le minimum de travail.

A. On fait gonfler de la gélatine dans de l'eau pendant 3 heures s'il fait chaud et 6 heures s'il fait froid. On jette l'eau et on en ajoute d'autre et on fait dissoudre au bain-marie avec le bromure.

A.	Eau distillée......................	20 cm³
	Gélatine blanche..................	5 gr.
	Bromure de potassium.............	1 gr.

B. Dans un godet de porcelaine, on fait dissoudre du nitrate (azotate) d'argent.

B.	Eau distillée.....................	5 cm³
	Azotate d'argent..................	1 gr. 25

Si la gelée bromurée est bien transparente lorsqu'elle a fait prise on obtiendra de bons résultats.

Dans un flacon jaune orangé ou noir on verse A. On met

un bouchon et on place le flacon dans une boîte de fer bien close (boîte de phosphatine ou cacao) dans le fond de laquelle on aura mis un ou deux centimètres d'eau chaude. S'enfermant dans le cabinet noir et à la lumière rouge on verse B dans A encore bien chaud et on agite avec une lame de verre où un agitateur. Ce n'est qu'au bout de quelques instants que le mélange devient d'un blanc opalescent. Il faut continuer jusqu'à ce qu'il y ait mélange parfait de A et de B, c'est-à-dire pendant 2 bonnes minutes.

On retire l'agitateur qu'on essuie pour s'en servir ultérieurement. On bouche le flacon qui contient l'émulsion et on le met dans la boîte de fer dont on ferme le couvercle.

On procède alors à la maturation par ébullition prolongée.

Pour ce faire la boîte de fer bien close qui contient le flacon jaune bouché qui est lui-même rempli à moitié ou aux 2/3 au plus d'émulsion est mis dans une casserole contenant de l'eau tiède. Dans la boîte de fer quelques centimètres cubes d'eau assureront un chauffage au bain-marie. Cette casserole étant mise sur le feu et l'eau y contenue entrant en ébullition on attendra cinq ou dix minutes et ce temps écoulé on notera de laisser l'eau de la casserole bouillir pendant au moins une demi-heure (sensibilité équivalente à celle des papiers au gélatino-bromure rapide) et pendant deux heures au plus (sensibilité des plaques extra-rapides du commerce). Une maturation plus prolongée donnerait une tendance au voile qu'il faut éviter.

On remet la boîte dans l'obscurité. On enlève dans le cabinet noir à la lumière rouge l'eau y contenue ; on referme et on laisse refroidir. Quelques heures après on pourra procéder au lavage de l'émulsion. Celle-ci contient, en effet, en dehors du bromure d'argent combiné à la gélatine des sels nuisibles inutiles : azotate de potasse et bromure de potassium.

L'expulsion de ces sels est assez longue et difficile. Le mieux est de faire figer l'émulsion sur les parois du flacon rouge ou jaune orangé en le tournant quand l'émulsion va figer. Lorsque celle-ci est bien prise on rince à cinq ou six eaux qui enlèvent environ la moitié de ces sels solubles. On peut, après égouttage soigné, refondre et refiger l'émulsion et la relaver. Mais pour obtenir un lavage parfait, il est nécessaire que la couche déposée sur les parois n'excède pas un millimètre d'épaisseur. Cela n'étant guère possible on découpe avec une lame de verre l'émulsion et on la met macérer dans de l'eau. On relave à plusieurs eaux en passant cette eau par un entonnoir dont le tube est bouché par un tampon de ouate qui retiendra l'émulsion. Après plusieurs lavages et égouttages complets, on fait refondre et on coule dans une cuvette en faïence ou porcelaine assez grande pour que la couche d'émulsion soit très mince. Quand la couche est bien froide on lave encore à 5 ou 6 eaux, toujours à la lumière rouge rubis. On égoutte bien et on découpe avec la lame de verre dans de l'eau claire. Quand le tout est réduit en lanières minces on verse le tout sur l'entonnoir (fig. 40). Après filtration de l'eau, on en remet de nouvelle six fois de suite. L'émulsion a été alors soumise à dix-huit lavages représentant soixante fois son volume d'eau au moins et il ne reste plus que des traces de sels solubles. On verse l'émulsion sur une plaque de biscuit poreux qui absorbe l'eau qui

Fig. 40. — Lavage de l'émulsion.

pourrait rester sur ou autour de l'émulsion. Ou, si l'on n'a pas de ces biscuits on met l'émulsion sur un carton buvard satiné et non pelucheux. Au bout de quelques instants le gélatino pourra être retiré et remis dans le flacon jaune, bien rincé auparavant, pour qu'il n'apporte pas de sels solubles à l'émulsion.

On refond celle-ci au bain-marie et l'on pourra alors sensibiliser les tôles laquées blanches.

Pour cela on verse l'émulsion tiède sur la tôle en petite quantité qu'on étale avec une lame de verre. Il est bon de tenir la tôle par-dessous et non par les bords pour éviter des irrégularités de couchage.

On s'est muni d'un morceau de marbre poli sur lequel on pose la plaque sensibilisée, émulsion en dessus. Aussitôt la gélatine fait prise.

On couche ainsi toutes les plaques et il n'y a plus qu'à les faire sécher. La couche sensible doit être mince.

On pourrait à la rigueur les mettre à plat dans des boîtes de plaques vides bien closes. Mais la dessiccation est lente et l'émulsion s'altère pendant un séchage trop long. Aussi sera-t-il bon de se servir d'un séchoir qu'on pourra fabriquer soi-même en bois, en carton ou en tôle. En munissant ce séchoir d'un double fond en tôle et d'un double couvercle à cheminée ne donnant pas de jour et en chauffant légèrement à plusieurs reprises le double fond de tôle avec une lampe à l'alcool on peut faire sécher les plaques en quelques heures. Je donne ci-contre (fig. 11) le schéma d'un séchoir que tout amateur un peu habitué à l'emploi du marteau et des pointes peut fabriquer pour quelques sous.

A est la boîte ; P les pieds qui la supportent et permettent de chauffer la tôle hermétique t ; l'air chaud produit par l'échauffement de cette tôle passe par une tôle t'

perc ée de trous dans le sens marqué par la flèche et passe
par la cheminée du couvercle.

Il est indispensable de faire un certain nombre de claies
à jour. Sur ces claies, on place les plaques en laissant un
espace entre chacune d'elle pour que la circulation d'air

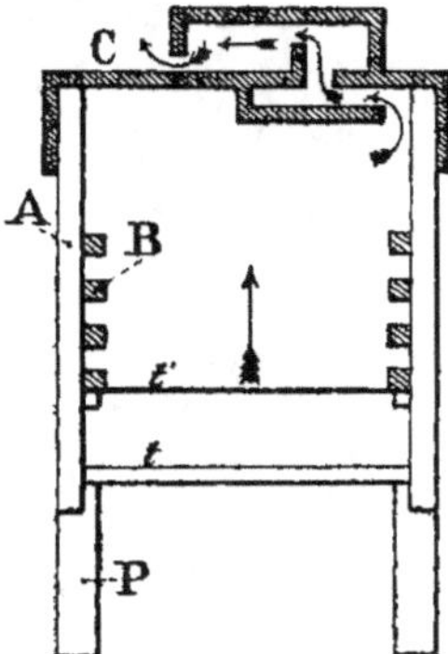

Fig. 11. — Schéma du séchoir.

puisse se faire ; les claies sont posées sur des tasseaux B
qui laissent entre chacune un léger espace.

Quand on suppose la dessiccation complète (on peut
attendre 5 ou 6 heures pour cela) on entre dans le cabinet
noir et à la lumière rouge on examine les plaques. Si
elles sont sèches on les retire et on les emballe gélatine
contre gélatine dans du papier noir par 4 ou par 6 et on
les met dans les cartonnages ordinaires des plaques. Dans
le cas où quelques-unes ou toutes ne seraient pas sèches
on les laisserait dans le séchoir quelques heures de plus.

Un séchage qui dure plus de douze heures en été donne
des produits défectueux. Il faudra donc s'arranger pour
activer la dessiccation si en 6 heures elle n'était pas au
moins aux 3/4 faite.

IV. Utilisation de la plaque. — La plaque est exposée le temps normal nécessaire pour faire un négatif. Un manque de pose exagéré donnera un négatif dur et un positif gris et terne. Un trop grand excès de pose produira un positif dur où les demi-teintes ne paraîtront pas. Le premier défaut pourra se corriger un peu s'il est faible par un léger affaiblissement. Nous devrons veiller à poser plutôt un peu largement puisque le développement nous permettra d'obtenir un négatif à point.

Le ferrotype est porté dans le révélateur qui sera soit l'oxalate ferreux :

A.	Eau....................................	100 cm³
	Oxalate neutre de potasse..........	30 gr.
	Bromure alcalin	0 gr. 5
B.	Eau....................................	100 cm³
	Sulfate de fer.....................	10 gr.

mélangés par parties égales ;
soit le bain d'hydroquinone sans métol :

Eau....................................	100 cm³
Sulfite de soude......................	7 gr. 5
Carbonate de soude....................	15 gr.
Hydroquinone..........................	1 gr.

soit le bain au diamidophénol préparé au moment de l'usage en versant la valeur d'une cuillerée à moutarde d'amidol (ou diamidophénol) dans cent centimètres cubes de solution :

Eau....................................	100 cm³
Sulfite de soude crist................	6 gr.

Aussitôt le négatif parfait et montrant les moindres détails, on le rince avec un peu d'eau et on le met dans le bain inverseur :

Inverseur concentré	Eau......................	100 cm³
	Bichromate de potasse......	5 gr.
	Acide sulfurique..........	8 cm³

Pour l'emploi prendre :

| Inverseur concentré.................... | 10 cm³ |
| Eau.................................. | 100 — |

Il y devient, en moins d'une minute, tout blanc. Quand il n'y a plus trace d'image, on le rince en pleine lumière et on fait paraître l'image positive dans un révélateur quelconque. Quand celle-ci est à point, on rince et on fixe par passage pendant 1/2 minute dans un bain d'hyposulfite à 20 0/0. Quelques rinçages doivent suivre pour éliminer l'hyposulfite. On peut durcir la gélatine dans une solution à 5 0/0 de formol où la plaque restera une bonne minute. Un rinçage sous un robinet et l'image est mise à égoutter et à sécher. Si la livraison doit être faite immédiatement, on exposera à la chaleur et en moins de dix minutes on aura pu prendre le cliché, le développer, l'inverser, le redévelopper, le fixer, le rincer, le formoler, le rincer et le faire sécher.

Dans la ferrotypie sur fond noir nous avons opérations : prise de la vue, développement, rinçage, fixage, rinçage, formolage, rinçage et dessiccation.

Dans la ferrotypie sur fond blanc nous intercalons les opérations de : inversion, rinçage, redéveloppement, qui durent de 2 à 3 minutes au grand maximum. Il est certain que ce n'est pas ces quelques minutes de plus qui arrêteraient les ferrotypeurs si on leur vendait les plaques toutes prêtes. Mais elles ne se trouvent pas dans le commerce.

Quant aux appareils d'opérateurs qui font les opérations en poussant ou tirant des boutons ou en tournant des manettes, il est facile de les utiliser en ayant soin d'employer la seconde cuvette (fixage) à l'inversion. Les opérations ultérieures se font en plein jour et l'aide que tout ferrotypeur emploie pour se décharger d'une partie de son travail, peut achever facilement les cinq ou six opérations finales qui n'exigent aucune connaissance spéciale, aucun cabinet noir.

CHAPITRE VII

LES POSITIFS DIRECTS SUR PAPIER, CARTONS ET CARTES POSTALES AU BROMURE

Au lieu de tôle laquée blanche, on peut faire des portraits sur papier au bromure courant, sur cartes postales sensibilisés pour le tirage par développement, en utilisant les mêmes procédés d'inversion. Je ne vois même pas pourquoi il ne serait pas fabriqué des cartons suffisamment épais pour éviter tout montage permettant par la même méthode de faire des épreuves toutes montées sur le carton même qui sert de support à l'émulsion. Il serait facile d'utiliser les appareils ferrotypiques actuels en adoptant le format habituel : $36^{mm} \times 42^{mm}$. On pourrait de même et dans tout appareil photographique obtenir des épreuves en format mignonnette, carte de visite ; avec le 13×18 on pourrait aller jusqu'au format album.

Pour obtenir la marge, qui donne plus de cachet à l'épreuve, on utilise des caches en papier noir bien ferme ou en métal mince découpé en ovale, en rond, en carré à coins ronds ou en carré à coins à angles droits. La marge blanche qu'on obtient ainsi ne peut l'être qu'à la condition bien entendu de se servir non de ce que d'habitude on appelle cache, mais bien plutôt du contre-cache c'est à dire que dans le cas d'un carré à coins ronds (fig. 12) ce ne sera pas la partie hachurée qui servira, comme d'habitude on le fait, mais la partie blanche contre-cache qu'on utili-sera.

L'épreuve sera, dans le cabinet noir et à la lumière rouge, posée sur un papier ou un carton noir, on couvrira le centre de la contre-cache A et on exposera pendant 10 secondes à la lumière de la lampe électrique de

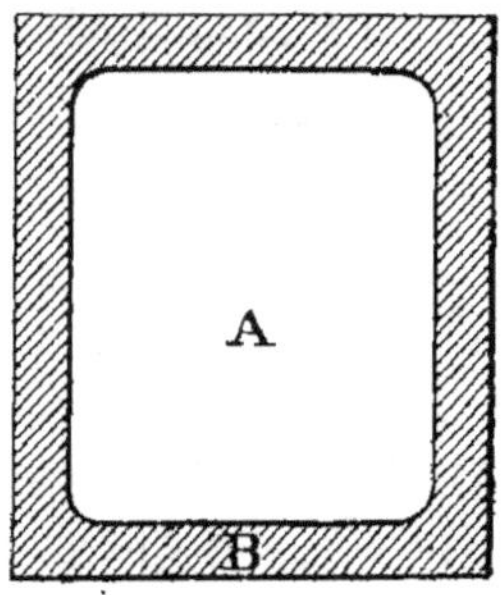

Fig. 12.

16 bougies ou pendant quelques secondes à la lumière du jour. Puis l'on procédera au premier développement. Dans le bain l'image A négative viendra avec des blancs, des noirs et des gris, tandis que la partie B de l'épreuve deviendra d'un noir intense. A l'inversion tout devient blanc. Mais au redéveloppement l'image devient positive et la marge B devient d'un blanc immaculé.

Le séchage d'une épreuve sur papier ou sur carton est plus long que sur plaque de tôle, les lavages pour l'élimination des sels des divers bains sont plus longs et plus laborieux. Aussi la méthode qui fait l'objet du présent chapitre ne peut-elle être mise en parallèle avec la ferrotypie sur fond noir ou sur fond blanc (métal ou carton minéralisé) pour l'usage des forains, puisqu'il faut au moins une demi-heure de plus de lavages pour obtenir sinon des épreuves durables, du moins des épreuves présentables.

A la rigueur cet inconvénient pourrait être évité par les forains qui voudraient utiliser ces procédés en utilisant non des cartons, mais des papiers de force courante.

Après le formolage il serait nécessaire de laver à deux ou trois eaux, de plonger dans un bain qui détruirait l'hyposulfite, par exemple quelques gouttes de la vulgaire eau de javelle dans une cuvette d'eau ou quelques centimètres cubes d'eau oxygénée ou de solution de persulfate ou de permanganate de potasse. Un séjour de une minute dans l'une de ces solutions détruirait tout l'hyposulfite contenu dans l'image. Un lavage de deux minutes suffirait pour chasser le nouveau sel formé. Mais un second formolage serait indispensable pour tanner la gélatine à laquelle les corps oxydants rendent une partie de sa solubilité dans l'eau chaude. Un dernier rinçage suivrait ce formolage, l'épreuve mise sur un buvard après égouttage peut enfin être séchée sur une tôle chauffée et être livrée au client avec un délai de dix minutes de plus qu'une ferrotypie.

Mais ce procédé, jusqu'ici tout au moins, n'a pas servi à faire des portraits livrés en dix minutes ou à la minute.

C'est un moyen d'obtention d'épreuves directes sans passer par l'obligation du négatif que tout amateur peut pratiquer et qui permet économiquement de faire des portraits dont on ne veut qu'un exemplaire. La méthode est économique par l'absence de cliché et l'utilisation d'un morceau de papier valant au plus quelques centimes pour avoir une image définitive. Quant à l'inverseur son prix est tellement minime qu'il n'y a pas à en parler.

Je crois donc qu'à ce point de vue il y a intérêt à le connaître quand on possède un appareil photographique et c'est pourquoi j'énumère de nouveau les opérations qui permettent d'obtenir les images directes à la chambre noire :

1° Chargement (dans le cabinet noir) ;

2° Exposition à la chambre noire (pose un peu plus longue qu'avec des plaques courantes, l'émulsion des papiers étant d'ordinaire moins rapide) ;

3° Premier développement (dans le cabinet noir) ;

4° Rinçage rapide (dans le cabinet noir);

5° Inversion (on peut commencer l'opération dans le cabinet noir et terminer à la lumière) ;

6° Rinçage en pleine lumière d'une façon sommaire ;

7° Développement en pleine lumière ; pour que l'opération aille vite, la lumière la plus vive est indispensable ;

8° Rinçage et fixage ;

9° Lavages d'élimination de l'hyposulfite.

En opérant le 6° en pleine lumière j'ai eu des insuccès : la petite quantité d'inverseur contenue dans l'eau de lavage dissolvant une partie de l'argent des demi-teintes qui noircissait à la lumière, je conseille de faire les opérations 5 et 6 à la lumière diffuse ou à la lumière jaune. Autrement on risquerait d'avoir des blancs jaunes et des noirs, mais point de demi-teintes. Si l'on voulait obtenir par cette méthode et sur carton des épreuves à la minute, il serait indispensable de rendre le carton impénétrable aux divers bains soit en le recouvrant et l'imbibant de vernis blanc au celluloïd, soit par toute autre méthode d'imperméabilisation du papier ou du carton.

CHAPITRE VIII

MONTAGE DES ÉPREUVES

Toutes les ferrotypies sur fond noir ou blanc étan constituées par un morceau de fer ne plaisent pas à tout le monde ; aussi doit-on pour les rendre agréables à quelques-uns les monter dans un cadre qui dissimule la ferraille et ne laisse voir que l'image photographique au milieu de son décor.

Pourtant en dehors du montage une opération fort utile est le vernissage qui recouvre l'image d'une couche protectrice la préservant de l'action de l'air et des frottements qui la feraient disparaître. Ce vernissage se fait comme je l'ai déjà dit plus haut au moyen du vernis.

    Celluloïd transparent.................   5 gr.
    Acétone.............................   25 à 30 gr.

qu'on verse sur l'image en opérant comme pour le collodionnage et qu'on laisse sécher à plat pendant quelques minutes. Comme l'acétone exerce sur le collodion une action dissolvante on peut utiliser un vernis à l'alcool, vernis blanc qui sert pour les tableaux et dont la dessiccation est aussi rapide. Mais le vernis au celluloïd n'a aucune action sur le collodion, quand la couche est suffisamment mince et assez rapidement répandue pour être séchée à plat en 15 ou 20 secondes et le celluloïd protège l'image beaucoup plus efficacement que les vernis à la gomme Damar, au mastic, au copal ou à la sandaraque.

Vernis à froid

1. Benzine anhydre...................... 100 cm³
   Gomme Dammar.................... 5 à 10 gr.
2. Ether............................... 50 cm³
   Chloroforme .... 50 cm³
   Gomme copal blanche pulvérisée........ 8 gr.
3. Alcool........................ 150 à 200 cm³
   Mastic .... 3 gr.
   Camphre .... 1 — 5
   Sandaraque .... 4 — 5
   Résine elémi .... 1 — 5

Il est bon avec tous les vernis pour obtenir un excellent
résultat de faire sécher la plaque à la lampe à alcool pour
chasser l'humidité, de poser cette plaque sur un morceau
de marbre où elle se refroidit en quelques secondes sans
pouvoir reprendre l'humidité de l'air. On verse aussitôt
qu'elle est froide quelques gouttes de vernis qu'on étale
sur le ferrotype comme il a été indiqué de faire pour le
collodionnage. Il existe aussi des vernis qui s'emploient
à chaud, c'est-à-dire que la plaque est séchée comme nous
venons de le dire à la lampe et le ferrotype étant encore
chaud, le vernis est versé sur lui et égoutté. La difficulté
d'emploi de ces vernis qui exigent une grande habitude
pour ne pas avoir de stries nous oblige à ne pas en con-
seiller l'usage à nos lecteurs.

L'inflammabilité de tous les liquides qui servent de
dissolvants aux vernis: Benzine, alcool, éther, chloroforme, etc., exige pour éviter les risques d'incendie ou de
brûlures graves de grandes précautions. On évitera de
laisser les flacons près de la lampe à alcool allumée et on
ne procédera au vernissage que quand elle sera éteinte.

Lorsque l'épreuve est vernie on peut ou la conserver
ou la livrer telle quelle ou procéder au montage dans un

cadre choisi : ce sera une carte postale, un cadre médaillon, un carton repoussé à passe-partout ou un cadre chevalet, ou enfin une broche. Pour les médaillons ou broches le montage est fort simple : l'épreuve est découpée avec une vieille paire de ciseaux ou de cisailles au moyen d'un calibre de la dimension exacte de ce médaillon ou de cette broche. On introduit la tête par derrière dans la monture, on rabat les 3 ou 4 griffes qui sont placées dans ce but à l'arrière de la broche. Dans les cadres de certains modèles l'épreuve se glisse entre le fond et l'avant ; le tout est posé sur une table et on exerce une légère pression sur la barre arrière supérieure du cadre, ce qui empêche le ferrotype de sortir.

Les cartes postales ou cartons passe-partout reçoivent entre deux épaisseurs de papiers le ferrotype qui s'y fixe en mouillant légèrement le gommage qui est fait pour retenir l'épreuve.

TROISIÈME PARTIE

LES APPAREILS FERROTYPIQUES

CHAPITRE IX

LES APPAREILS ORDINAIRES A UN OU PLUSIEURS OBJECTIFS

En principe, tous les appareils photographiques peuvent servir à obtenir des épreuves ferrotypiques. L'amateur qui veut faire quelques ferrotypies ou des épreuves positives directes, à la chambre noire, n'a nullement besoin d'acheter des instruments nouveaux et coûteux : son appareil lui suffit et il obtiendra d'aussi bons résultats qu'avec ceux qui lui seraient vendus pour cet usage spécial. Mais le professionnel qui ne veut faire que de la ferrotypie, qui n'a pas encore de matériel photographique aura le choix — et il en sera souvent embarrassé — entre plusieurs, sortes d'appareils.

I. L'appareil à un seul objectif.

Puis ceux qui lui permettront de faire 4, 6, 12, 15 images en un seul coup de pouce.

II. Les appareils qui prennent la vue, la développent, la fixent, sans que l'opérateur ait à faire autre chose pendant cinq minutes qu'à pousser des boutons, presser une poire ou plusieurs, ou tourner une ou deux manettes.

III. Et enfin l'appareil qui marchera tout seul, sans

qu'aucun opérateur ait à intervenir, en un mot l'appareil automatique, dont, disons-le bien vite, il n'existe aucun modèle réellement parfait et sans détraquement.

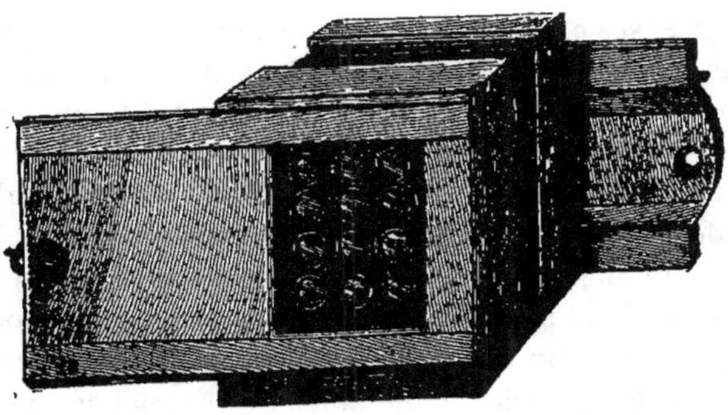

Fig. 13. — Appareil ferrotype à 12 plaques.

Pendant longtemps les appareils à plusieurs objectifs furent préférés car ils permettaient la confection simultanée sur une seule plaque (qu'on n'avait plus qu'à découper au moment de livrer) de 6 ou 12 épreuves.

Fig. 14.

Ces épreuves se trouvaient accolées comme le montre

la figure 14. L'une des raisons d'être de la ferrotypie, de permettre de livrer rapidement à bas prix 2 ou 1 épreuve a fait d'ailleurs abandonner rapidement les appareils à 12 épreuves et s'en tenir aux appareils à 4 ou 6 images. Puis ces appareils furent eux-mêmes abandonnés pour les appareils à deux plaques ou à une plaque. Comme appareil à deux plaques, on peut utiliser un appareil stéréoscopique 45 × 107 à mise au point. Enfin ces appareils ont été détrônés eux-mêmes par des appareils qui semblent à première vue devoir faire tout le travail, ce sont les appareils semi-automatiques qui feront l'objet du prochain chapitre. Ces appareils exigent l'opérateur qui prend la vue et par une série de mécanismes commandés par des boutons ou des manettes donnent le développement et le fixage à l'aveuglette. Quand le temps de pose est bon et approprié au révélateur-fixage ou au révélateur, les résultats sont excellents. Dans le cas contraire, les épreuves sont défectueuses, soit grises, soit trop blanches et sans demi-teintes.

CHAPITRE X

LES APPAREILS SEMI-AUTOMATIQUES

Aux temps historiques du collodion humide, être photographe était aussi difficile que d'être peintre, horloger ou mécanicien émérite : il fallait ne craindre ni peine, ni avanies, ni déboires, ni de se montrer dans le monde avec des mains teintes de nitrate d'argent. En ce temps « pour aller dans le monde, disait un caricaturiste, tous les hommes sont tenus d'avoir des gants; les photographes seuls en sont dispensés ayant les mains gantées de jour et de nuit par leurs drogues. »

Or un ingénieur de Lyon, M. Bourdin, avait en 1867 imaginé un appareil qu'il baptisa de son anagramme Dubroni. Cette boîte grande comme une détective formait la chambre noire et contenait quatre flacons de solutions et des pipettes de verre à tubes de caoutchouc. L'amateur avait en outre un verre dépoli pour la mise au point, des plaques de verre et un châssis. Il montait son appareil sur un pied, mettait au point, retirait ses flacons de l'appareil et collodionnait sa première glace, la mettait dans le châssis et le mettait lui-même en place. Puis avec la pipette 1 et la nitrate d'argent il glissait une dose de cette solution sur la glace collodionnée, faisait la pose voulue, fermait l'obturateur, avec la seconde pipette projetait le révélateur pendant une minute sur la glace, puis fixait de même avec la solution à 30 0/0 d'hyposulfite. Sans se tacher les doigts, en moins de 10 minutes, le cliché prêt à être lavé était obtenu. Cet appareil eut un succès considérable. Il en a actuellement dans ses descendants ferrotypeurs, car tous les appareils semi-automatiques sont basés sur le principe du Dubroni.

On peut diviser les appareils semi-automatiques pour ferrotypie en trois catégories :

I. Les appareils à poire directement issus de l'invention de Bourdin (ou Dubroni).

II. Les appareils à paniers.

III. Les appareils à escamotage genre détective.

I. LES APPAREILS A POIRES. — La plupart de ces appareils sont de fabrication américaine. L'appareil est composé d'une chambre noire ordinaire à châssis et c'est son châssis qui constitue l'organe original de cet appareil. Il est garni dans le bas et sur les côtés de sortes de gouttières ; dans l'un des côtés il existe une petite ouverture de 2^{mm} de section close hermétiquement par un clapet qu'un ressort presse contre la paroi.

Le châssis étant mis dans l'appareil posté devant l'objet ou le sujet à reproduire, on ouvre le volet puis on le referme. On sort alors le châssis de l'appareil et on procède au développement en appuyant sur le clapet la pointe d'une poire (à lavement) contenant un révélo-fixage ou un révélateur. On presse ladite poire qui arrose la plaque de révélateur. Au bout du temps voulu, deux minutes par exemple, on appuie la canule de la poire sur le clapet, on extrait ainsi par dépression de cette poire le révélateur, et on couvre d'eau de lavage ou de bain de fixage par le même procédé. On ouvre alors le châssis-cuvette ; on retire la plaque et après rinçage et séchage on livre au client. Le châssis est si simple qu'il n'a pas été appliqué tel quel et dans les appareils automatiques à poires, qu'on voit souvent sur les places publiques on a perfectionné (!) le matériel. On laisse le châssis sur l'appareil pour développer, fixer et laver. De là deux ou trois poires posées sous la chambre noire : l'une sert à arroser la plaque de révélateur, l'autre de fixateur et la troisième à rincer.

Certains appareils ne possèdent qu'une poire (fixo-révélateur), la plupart en ont deux (révélateur et fixage ou révélo-fixage et rinçage), d'autres en ont trois.

La troisième me semble surtout destinée à jeter de la poudre aux yeux du public qui en voyant tant de poires ne peut douter du succès et de la perfection de l'appareil, surtout s'il y a un peu de nickel autour.

II. Les appareils a paniers. — Ces appareils ayant été contemporains des appareils à poires, je les fais passer avant les appareils à escamotage.

Ces appareils sont constitués par une boîte divisée en deux compartiments : le supérieur contient à l'avant la petite chambre noire et à l'arrière ou au-dessus la boîte magasin chargée de 12, 30, 50 et même 100 plaques dans leurs châssis.

La partie inférieure contient deux ou trois cuves forme bocal (ou cuve à développement lent) et autour d'un axe une chaînette porte un petit panier en nickel ou maillechort. La vue étant prise, le châssis est poussé par un bouton ; il ouvre un petit volet qui le supporte et tombe dans le panier. Une manette fait tourner l'axe, déroule la chaînette et le panier plonge dans la première cuvette. Au bout du temps voulu (1 ou 2 minutes) on tourne la manette ce qui remonte la chaînette et le panier, on tire à soi un bouton ce qui amène le panier au-dessus de la cuve nᵒ 2 (fixage) et on fait descendre dans la cuve en tournant la manette. La troisième cuvette permettra de rincer l'image et il suffira ensuite de tirer le panier pour en extraire le ferrotype terminé et prêt à être séché.

III. LES APPAREILS A ESCAMOTAGE. — J'avoue préférer aux appareils à paniers, qui sont un peu à escamotage, les appareils à escamotage sans panier. Dans ceux-ci l'appareil est encore une boîte forme détective divisée en deux parties :

1º La chambre noire et son chargeur à la partie supérieure.

2º Le laboratoire à la partie inférieure.

Laboratoire est un mot bien prétentieux puisqu'il n'y a là qu'une ou deux petites cuvettes!

La chambre noire est ouverte à sa partie inférieure et cette ouverture se ferme complètement par un volet. Les plaques dans leur châssis sont pressées par un ressort comme dans les détectives et comme dans celles-ci une cornière ou un taquet les retient.

La vue prise, on ouvre le fond de la chambre noire en tirant ou en tournant un bouton; juste en dessous se trouve la cuvette de fixo-révélateur. Aussi en tournant la manette d'escamotage, la plaque et son châssis tombent directement dans le bain.

On ferme le volet par le mouvement inverse du bouton et l'on peut procéder à la prise d'un second cliché. Au bout du temps nécessaire au développement fixage, on ouvre le petit volet qui ferme l'arrière de la chambre à sa partie inférieure et on retire soit à la main, soit avec un aimant le ferrotype qu'il n'y a plus qu'à rincer et sécher.

J'ai exposé très rapidement les principes généraux qui ont présidé à l'invention et à la fabrication de ces petits appareils qui dispensent du laboratoire et permettent en plein air de livrer très rapidement des portraits. J'espère

un jour étudier beaucoup plus à fond ces appareils dont
le nombre est considérable et dont le prix est aussi varié
que celui des appareils photographiques ordinaires : je
connais un appareil à 18 francs et un autre à 500 francs !
Je ne désespère pas, étant donné la facilité de construc-
tion, d'en voir bientôt dans le commerce à des prix très
inférieurs.

CHAPITRE XI

LES APPAREILS AUTOMATIQUES

Nous avons décrit dans le chapitre précédent les appareils ferrotypiques que le public appelle des *appareils automatiques* et qui exigent la présence d'un opérateur et même quand il y a foule celle d'un opérateur et d'un aide. Le forain et sa femme ou l'un de ses enfants feront beaucoup de besogne et même quelquefois d'excellente besogne avec ces appareils. Ils sont donc très pratiques, tout en n'étant qu'à moitié automatiques. Cela ne suffit pas à tout le monde et bien avant les distributeurs automatiques de toutes sortes de choses, quelques ingénieux inventeurs ont voulu nous doter du photographe automatique distribuant moyennant une pièce de monnaie déterminée le portrait de chacun. Il suffit à celui qui le désire de mettre son obole dans une fente, de s'installer dans un fauteuil en prenant son air le plus avantageux, de tirer un cordon et de le lâcher. Un instant après une sonnerie retentit, cela veut dire :

« Ne bougez plus ! »

Quand la sonnette cesse de se faire entendre l'amateur de portrait peut se lever et aller attendre la sortie de son image sur le côté de l'appareil. Quand elle tombe sur le plateau il n'a qu'à la prendre et l'emporter. Si elle lui plaît, tant mieux ; sinon, tant pis.

Quand l'appareil fonctionne cela se passe toujours

ainsi, mais il arrive souvent des détraquements du mécanisme et alors l'automate refuse de faire votre tête et vous
rend honnêtement l'argent. Ces appareils automatiques au
collodion ne sont pas nombreux. Je puis en citer deux : le
premier de tous, celui de M. Enjalbert, sera décrit dans

Fig. 18.

ce chapitre ; l'autre, de fabrication allemande, est un gros-
sier démarquage de celui de M. Enjalbert et de celui de
M. Canto (1887) le plus ancien et qui n'a jamais été cons-
truit, si je ne me trompe.

En principe on peut dire que tous les appareils entiè-
rement automatiques fonctionnent tous par mouvements
d'horlogerie : ressort et pendule régulateur ; ou électricité
seule ; ou combinaison des deux systèmes, horlogerie et
électricité.

L'automatique ferrotype Enjalbert

La figure 18 montre l'aspect extérieur de l'appareil
Enjalbert. Quatre cadrans sur lesquels se déplacent des
aiguilles mises en mouvement par le mécanisme intérieur
permettent de suivre la marche de l'opération.

La figure 19 est une vue du mécanisme intérieur.
L'ensemble est commandé par un moteur électrique M,
que l'introduction de la pièce de monnaie met en circuit.
Ce moteur actionne un bras R, qui est le principal mobile
du mécanisme et qui commande, à l'aide de cames, les
diverses opérations.

La réserve de plaques est contenue en A et elles sont
séparées par des cadres qui serviront à encadrer l'épreuve
finie.

Le collodion est contenu en J., le bain d'argent en J'.
La plaque prise par un poussoir B, vient s'attacher à un
électro-aimant, qui la maintient sous un compte qui y
laisse tomber une certaine quantité de collodion. Des ba-
lancements dans les 2 sens assurent la répartition égale
du liquide. Un transporteur e pousse alors la plaque
sous un autre électro-aimant qui la plonge dans le bain
d'argent, puis la présente à l'objectif. Le temps de pose
est réglé d'avance suivant l'éclairage, et une sonnerie tinte
pendant tout ce temps. La plaque est ensuite portée sous
une pomme d'arrosoir, qui la couvre de développateur.
La même pomme livre ensuite passage à un jet d'eau.

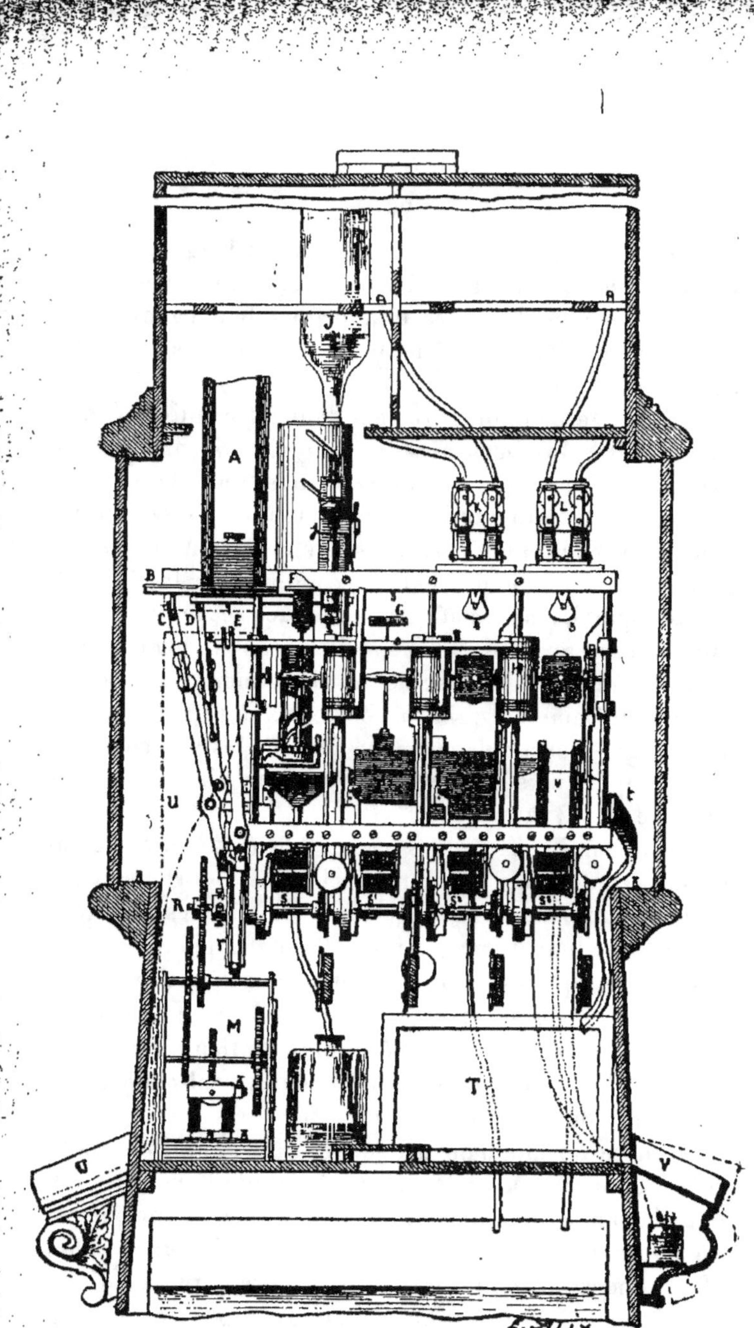

Fig. 19. — Schéma du mécanisme de l'appareil Enjalbert.

Pendant la phase suivante, la plaque est baignée par le fixateur, puis reçoit un jet d'eau, et est enfin vernie.

L'épreuve ainsi terminée tombe alors dans l'auget V, à l'extérieur de l'appareil. Une lampe placée sous cet auget achève de la sécher.

Lorsque le poussoir B revient dans sa position primitive, il laisse tomber un cadre, qui vient se placer dans l'auget U. Les résidus tombent dans un bac, placé à la base de l'appareil. Le collodion en excès se rend dans le flacon qu'on voit près du moteur M. T est la caisse où la pièce de monnaie est conduite par la rigole t.

Les appareils automatiques à plaques sèches sont bien plus nombreux, mais je n'en citerai aucun ; car ils ont tous les mêmes défauts : ils se détraquent facilement. L'appareil Enjalbert qui avait été exposé à l'Exposition de 1889 et qui y excita la curiosité de tous les visiteurs, n'y photographia personne, car pendant l'installation le mécanisme s'était faussé.

Les appareils à plaques sèches beaucoup moins compliqués sont sujets au même accident et pourtant ils ont moins de raisons de dérangement. En effet ces appareils contiennent tous un magasin de 50 ou 100 plaques sèches fonctionnant par escamotage comme des détectives.

La pièce qui doit payer le prix du portrait déclanche l'obturateur réglé suivant l'éclairage du lieu où se trouve l'automatique : cela donne donc de bons résultats pendant une partie de la journée seulement.

La pièce de monnaie glisse dès que l'obturateur s'est refermé sur un second plateau en pente douce et de là dans la caisse, tandis que la plaque tombe sur un plateau qu'arrose une pulvérisation de fixo-révélateur pendant 30 secondes ; le mouvement d'horlogerie qui a mis en marche cette pulvérisation, actionne un petit robinet qui jette pendant le même temps de l'eau sur le ferrotype ; le tout, révélateur usagé et eau de rinçage, tombe dans un seau où se déverse dans un ruisseau. Le mouvement d'horlogerie continue en amenant un aimant qui prend le ferrotype, le pousse en arrière et le fait tomber sur une pente métallique où il glisse et achève de sécher par le déclanchement d'un clapet qui envoie une bouffée d'air chauffé dans une partie de l'appareil. Quelquefois l'aimant rate son coup ; d'autres fois l'air chaud est froid et le ferrotype sort tout humide. Ce dernier accident très fréquent a amené certains inventeurs à donner un appareil automatique livrant le portrait tout humide : ce qui n'a que peu d'inconvénient, puisqu'il suffit de dix minutes à l'air pour avoir un ferrotype sec.

Je ne puis terminer sans insister encore une fois sur le peu de résultats obtenus avec ces appareils fort coûteux.

TABLE DES MATIÈRES

DIJON. — IMPRIMERIE DARANTIERE

COUSIN (P.).   **Annuaire-Manuel de la documentation photographique** publiée sous les auspices de la Commission d'organisation du Congrès de la Documentation tenu à Marseille, sous la présidence de M. le général Sébert. 1 vol. in-8° raisin de 224 pages . . . . fr. **5**

DARNÉ (R.-A.)   **Les procédés aux Sels de Chrome.** 1 vol. 80 pages in-16 . . . . fr. **2**
Dans cette brochure, l'amateur trouvera le moyen, à l'aide d'un sel unique, peu coûteux, facile à trouver seul ou associé à d'autres produits d'usage courant, d'établir, renforcer, améliorer ses clichés, ses épreuves, d'aborder des procédés reconnus partout comme étant les meilleurs et les plus intéressants.

DARNÉ (R.-A.).   **Les Portraits d'Amateurs.** — Un volume broché de 80 pages avec 8 planches hors texte. . . . . fr. **2**

DELAMARRE (ACH.)   **Le Laboratoire de l'Amateur.** — Installation et organisation du Laboratoire, éclairage, lavage, classement des clichés, etc. . . . . fr. **1 25**

DELAMARRE (ACH.).   **Les Agrandissements d'Amateur.** 144 pages. 1 vol. in-16 illustré de 26 fig. . . . . fr. **2**

DELAMARRE (ACH.).   **Les Agrandissements à la lumière artificielle,** 1 vol. in-16 de 112 p., illustré de nombreuses figures . . fr. **2**

DESORMES et BASILE.   **Dictionnaire des Arts Graphiques.** 2 forts vol. in-12 de 400 pages chacun . . . . fr. **6**

DONNADIEU (A.-L.).   **La Reproduction photographique des objets de petite dimension** (Photographie par immersion). Exposé, discussion et pratique d'un procédé donnant des résultats incomparables pour la photographie des objets brillants, objets d'art, monnaies, médailles, des pièces d'anatomie, etc. — Un fort volume in-8°, avec gravures dans le texte et hors texte et 8 planches spécimen de l'auteur, reproduites au gélatino-bromure . . . . fr. **6**

DORMOY (LÉON).   **La Photominiature.** 3e édition, 1 vol. **1**
Procédé de peinture des photographies donnant des résultats comparables aux plus belles miniatures et pouvant être pratiqué par les personnes qui ne savent ni peindre ni dessiner.

DROUIN (FÉLIX)   **La Ferrotypie.** — Obtention des positifs directs à la chambre noire, 2e édition, 1 vol. in-16 . . . . fr. **1**

DUCOS DU HAURON (L.).   **La Photographie indirecte des Couleurs,** 1 vol. in-16 de 60 pages avec 2 planches hors texte. . . . . . fr. **1 25**

EMERY (H.).   **Le Développement du Cliché photographique.** Étude raisonnée des principaux révélateurs employés en photographie. 1 vol. in-16 jésus de 114 pages, avec 12 planches en phototypogravure . . . . fr. **3**

EMERY (H.).   **Manuel pratique de Platinotypie.** 1 volume broché avec 2 planches. . . . . fr. **2**

ERNAULT et NIEWENGLOWSKI.   **Les Couleurs et la Photographie** (1895). Reproduction directe et indirecte des couleurs. — Historique. — Théorie. — Pratique. — 103 fig. et 9 planches hors texte dont 2 en couleurs. fr. **6**

FISCH (A.).   **Traité pratique des Impressions Photo-mécaniques.**
Première partie. — La Photolithographie, 1 vol. grand in-8° de 90 pages avec planche en photolithographie . . . . fr. **2 50**

Le Mre [illegible] — **La Photographie dans la Navigation et aux Colonies**. Ouvrage spécialement destiné aux navigateurs, aux explorateurs, aux officiers de l'armée coloniale. — Un vol. in-16 de [illegible] avec gravures . . . . . fr. [illegible]

MARTIN-SABON. — **La Photographie des Monuments et des Œuvres d'Art**. Un volume illustré de nombreuses gravures et de planches hors texte . . . . . [illegible]

MATHET (L.). — **Chimie Photographique** (Traité général). C'est l'ouvrage le plus complet paru jusqu'à ce jour sur la matière. 1er volume. Théorie des procédés photographiques . . . . . [illegible]
2e — Monographie de tous les produits employés . . . . . [illegible]

MATHET (L.), chimiste. — **Les Insuccès dans les divers procédés photographiques** :
Première partie. — **Procédés négatifs** . . . . . fr. [illegible]
Deuxième partie. — **Épreuves positives** . . . . . fr. [illegible]

MATHET (L.). — **Le Microscope et son application à la photographie des infiniment petits**. (Traité pratique de photomicrographie). 1 vol. in-16 de 260 pages, illustré de nombreuses gravures et planches hors texte . . . . . fr. [illegible]

MATHET (L.). — **Sur la reproduction des objets difficiles par la microphotographie** (série d'articles publiés dans la « Revue des Sciences Photographiques »). — La collection des cinq numéros contenant ces articles . . . . . fr. [illegible]

MATHET (L.), chimiste. — **La Photographie durant l'hiver**. [illegible] de neige, photographie à l'intérieur, diapositives, reproductions, agrandissements, projections, travaux divers, etc., etc. 1 fort vol. de 320 pages . . . . . fr. 3 [illegible]

MAZEL (A.). — **La Photographie artistique en Montagne**. 1 vol. broché in-8° raisin de 200 p. avec gravures et 14 planches hors texte d'après les clichés originaux de l'auteur . . . . . fr. [illegible]

MÉNARD (ÉMILE). — **Les Maîtres de la Photographie**. Un beau volume de 376 pages de 20×29 c/m sur papier de choix, avec [illegible] reproductions en similigravure dont 86 pleines pages . . . . . [illegible]
Tous ceux qu'intéresse à juste titre la recherche artistique en photographie voudront posséder ce recueil d'œuvres sélectionnées parmi les meilleures de M. Maurice Bucquet, Mme Gertrude Kasebier, MM. P. de Singly, Commandant Puyo, Léonard Misonne, Charles Job, Mme G.-A. Barton, MM. Robert Demachy, Alexandre Keighley, [illegible] Regad, Pierre Dubreuil, Paul Bergon, etc.

MENDEL (CHARLES). — **Traité pratique et élémentaire de Photographie** à l'usage des amateurs et des débutants . . . . . fr. [illegible]

MENUTRAY (GEORGES), ingén. E. P. C. **Étude élémentaire de l'Objectif, des Chambres et des Obturateurs photographiques**. Un volume broché de 164 pages, avec diagrammes et figures explicatives . . . . . fr. 3 [illegible]

MOLLIN (A.), professeur. — **Traité élémentaire d'Optique photographique**. 1 fort vol. in-8° de 350 pages avec 190 figures . . . . . fr. 10 [illegible]

RIS-PAQUOT. **Les Clichés sur zinc en demi-teintes et au trait** s'imprimant typographiquement, moyen simple et pratique pour les amateurs de les obtenir. 1 vol. in-16 de 80 pages . . . . . . fr. 2 »

RIS-PAQUOT. **Trucs et Ficelles d'atelier,** pour donner aux épreuves un cachet artistique et les rendre propres à l'illustration. Un vol. broché avec figures et planches . . . . . . fr. 1 25

ROUSSEAU. **Notes pratiques d'Électricité à l'usage des Projectionnistes.** Un volume broché . . . . . . fr. 2 »

SANTINI (F.-N.). **La Photographie des Effluves humains.** 1 vol. in-8° de 130 p., illustré de nombreuses reproductions . . . . . . fr. 3 50

SANTINI (F.-N.). **La Photographie devant les Tribunaux.** 1 vol. in-16 de 140 pages . . . . . . fr. 2 »
Recueil des Jugements et Arrêts intéressant les Photographes.

SAUVEL (EDOUARD). **Etudes de Droit sur la photographie.** Un volume in-16 de 72 pages . . . . . . fr. 1 50

STOCKHAMMER. **La Stéréoscopie rationnelle.** Deuxième édition, revue et augmentée. Un beau volume de 124 pages, format 21×27, comportant 128 figures explicatives et 7 planches hors texte, en simili gravure . . . . . . fr. 6 »

TRANCHANT (L.). **Microphotographie simplifiée** (Petit Traité de). 1 vol. avec fig. explic. et reproductions en photogravure . . . . . . fr. 1 »

TRUTAT (EUG.). **Le Cliché photographique** : Choix du sujet, pose, manipulations. 1 vol. in-16 de 284 pages avec figures . . . . . . fr. 3 50

TRUTAT (EUG.). **Les Procédés pigmentaires.** 1 vol. broché de 72 pages . . . . . . fr. 1 25

TRUTAT (EUG.). **Les Papiers photographiques** (positifs par développement. 1 vol. broché avec figures, ... fr. 2 50

TRUTAT (EUG.). **Traité Général des Projections.** — Tome I. — Description des appareils. — Divers modes d'éclairage. — Confection des positifs. — Epreuves mouvementées. — La leçon à l'école, au lycée, à la Faculté. — Conférences scientifiques, géographiques, humoristiques. — Disposition de la salle, etc., etc. 1 vol. grand in-8° de 400 p., illustré de 185 gravures . . . . . . fr. 7 50

Tome II. — Projections Scientifiques, Applications à l'Histoire Naturelle, à la Météorologie, à l'Astronomie, à la Chimie, à la Physique. 1 vol. in-8° de 280 pages avec 137 figures et 1 planche hors texte . . . . . . fr. 4 50

VALLOT (CHARLES). **La Photographie documentaire** dans les excursions et les voyages d'études. Un volume avec 8 planches hors texte sur papier au gélatino-bromure . . . . . . fr. 3 »

VALLOT (CHARLES). **L'Art de se documenter par la photographie.** Un volume 13×20 de 80 pages, avec nombreuses illustrations en similigravure dans le texte et hors texte . . . . . . fr. 1 50

VARIGNY (HENRI DE). **Les Animaux photographiés chez eux** (série d'articles publiés dans « Photo-Magazine »). La collection des cinq numéros contenant ces articles . . . . . . fr. 1 25

VERAX (CH.). **Vocabulaire français-espéranto technologique des termes employés en Photographie** et dans ses rapports avec la chimie, la physique et la mécanique. (Edition corrigée). Une brochure de 48 pages . . . . . . fr. 0 75

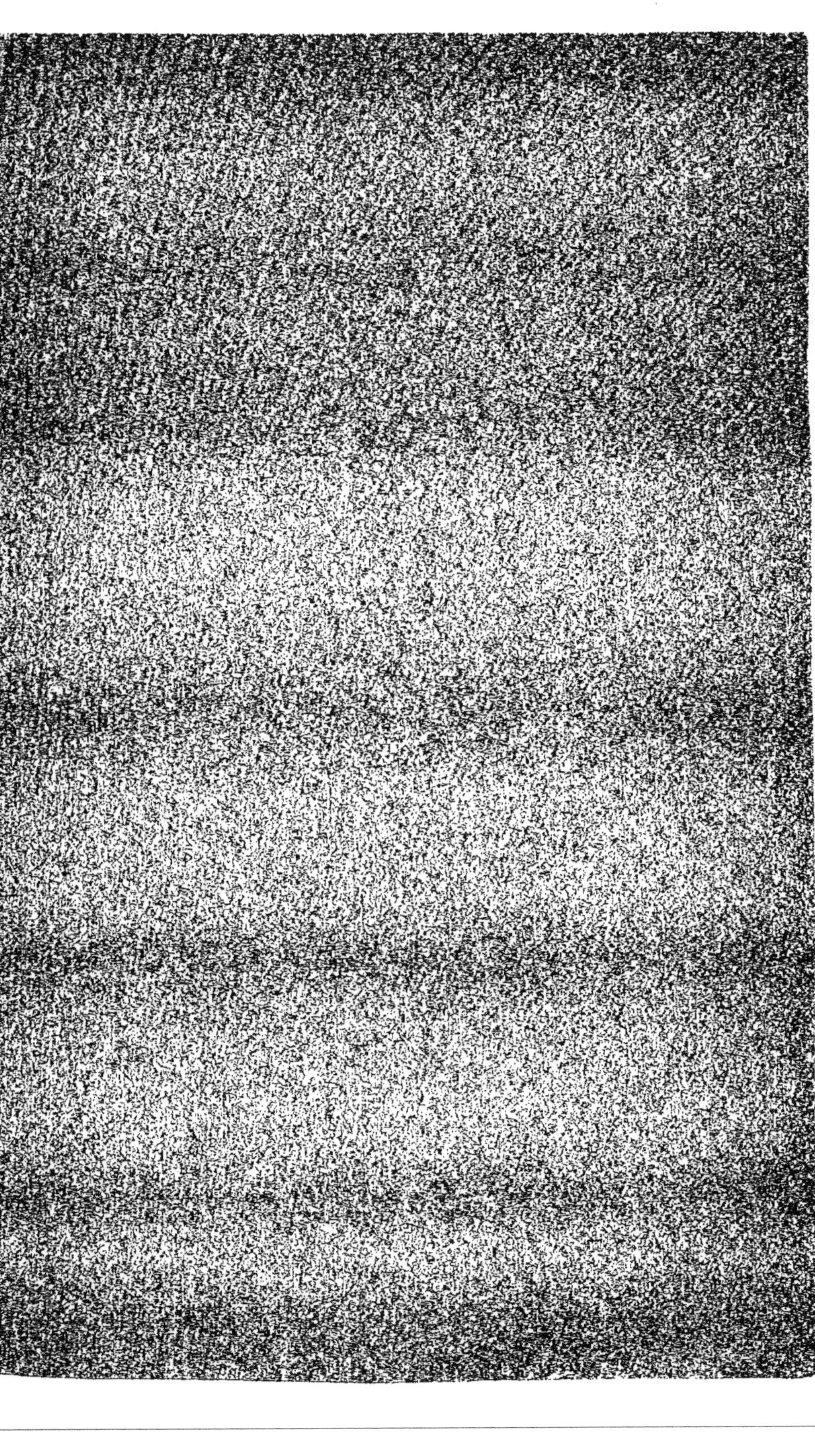